福爾摩斯

──暴風謀殺案──

Sherlock
Holmes

SHERLOCK HOLMES

大偵探
福爾摩斯
——暴風謀殺案——

小兔子求救

　　福爾摩斯斜靠在沙發上，用手托着頭，有氣無力地說：「今天真悶熱啊，坐着不動也汗流浹背。」

　　「是啊。」華生說，「早報已報道了，一個大型的風暴將於今天晚上登陸沿海地區。」

　　「風暴來襲嗎？怪不得這麼**悶熱**啦。」福爾摩斯把腿擱在膝蓋上，吐了口煙說，「要是有案子讓我調查就好了，起碼可以分散一下注意，不必呆在家中熱得悶死。」

噠噠噠噠！噠噠噠噠！

這時，忽然傳來一陣急促奔上樓梯的腳步聲。

「哎呀！慘了，一定是小兔子，本來已經熱得頭昏腦脹，他再來吵吵鬧鬧的話，我肯定要猝倒了。」福爾摩斯歎道。

果然，大門被「砰」的一腳踢開，小兔子氣喘吁吁地衝了進來。

「不得了！不得了！」小兔子氣急敗壞地說。

「甚麼『不得了、不得了』？」福爾摩斯罵道，「怎麼你每次出場都亂喊亂叫？難道這次又有人上吊自殺？」*

「不！這次不是上……上……！這次是掉……掉到下……下……」小兔子緊張得期期艾艾。

「甚麼『上上下下』的，你究竟想說甚麼啊？」福爾摩斯沒好氣地問道。

「這次是……是……有人掉到下……下……」

「你慢慢說，掉到下面嗎？下面甚麼？」華生問。

「下……不，是地底下……」

「地底下？人又怎會**無緣無故**掉到地底下？究竟是甚麼一回事？」

「地上……有個洞，人就……掉下去了！」

「地上有個洞？」華生問，「是坑渠蓋沒蓋好，有人掉到坑渠的洞裏嗎？」

小兔子使勁地點點頭，但想了一下又搖搖頭：「不……洞在地鐵的工地上，不像……坑渠洞。」

「那麼，是甚麼人掉到洞裏去了？」福爾摩斯問道。

小兔子沒回答，他一手抓起福爾摩斯喝到一半的紅茶，然後「咕咚」一聲，一喝而盡。

「哇！」福爾摩斯被嚇了一跳，開口大罵，「你怎麼可以喝掉我的茶！」

「哎呀，不要那麼小氣。紅茶可以**定驚**，我不喝一口，話也說不清楚啊。」小兔子吐吐舌頭，終於說出了完整的句子。

「哈哈哈，小兔子說得有理。」華生向福爾摩斯笑道，「紅茶確實可以定驚。」

「算了，這次不追究你。」福爾摩斯擺擺手，「快說，究竟地鐵的工地上發生了甚麼事？」

「有一個3歲大的**小男孩**掉到工地的地洞裏，由於洞口太窄，工人無法攀下去把他救上來。」小兔子**煞有介事**地說，「小男孩在洞底

哭得好厲害，現在工人們都不知道怎麼辦。」

「哭得好厲害嗎？很好，這證明他暫時沒生命危險。」福爾摩斯精神為之一振，「我們去工地看看吧。華生，別忘記帶急救箱。」

「好的。」華生點點頭，馬上回房間準備。

小 遊 戲

　　考考你的觀察力。這就是地鐵工地，請在10分鐘內，從圖B中找出10個與圖A不同的地方。　　　　　　　　　　　　　　　　　（答案刊於p.103）

圖A

圖B

古井救人

不一刻，在小兔子的帶領下，福爾摩斯和華生來到了地鐵工地旁的土坡上。他們居高臨下，把腳下的工地盡收眼底。

「好大一個坑呢！」華生往下看，不禁驚歎起來。

「這裏將來會有火車行駛，當然要挖得深、挖得大啦。」大偵探說。

「福爾摩斯先生，你看到嗎？就是那一個地洞，它旁邊還有幾個人呢。」小兔子指着下方說。

「看到了，看來是一口井。」福爾摩斯說，「我們快下去吧。」

「好呀！」小兔子興奮地大叫一聲，已一馬當先奔下土坡，往工地衝去。

「福爾摩斯先生來了！大偵探來了！」小兔子邊跑邊喊，「大家快讓開，大偵探福爾摩斯先生來幫忙啦！」

「**啊！**福爾摩斯先生？」一個蹲在井旁的中年女人，驚訝地回過頭來。她滿面淚痕，看樣子是她的孩子掉進井裏了。

「太好了！」工地上有人興奮地說，「**大名鼎鼎**的福爾摩斯先生一定會想出如何救小孩的辦法。」

「他只是個**私家偵探**罷了，懂得救人嗎？」一個瘦工人以懷疑的語氣低聲道。

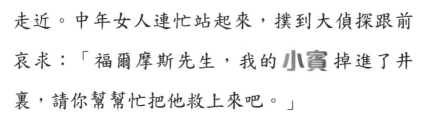

這時，福爾摩斯已快步走近。中年女人連忙站起來，撲到大偵探跟前哀求：「福爾摩斯先生，我的**小賓**掉進了井裏，請你幫幫忙把他救上來吧。」

「你們叫了**警察**和**消防隊**沒有？」福爾

摩斯問。

「已派人去叫了。」一個胖子工人臉帶驚惶地搶道,「但派去的人還沒回來,恐怕趕不及啊。」

「這像是一口**古井**呢。」從後趕至的華生,看了看那口井說。

「是啊,除了這口外,那邊還有一口,不過井口被**石蓋子**封着,還沒打開過。」胖子工人指着不遠處的另一口井說,「我們幾天前挖地施工時發現的,本想用泥土把井填平,但還沒來得及處理,就發生了這種意外。」

福爾摩斯和華生小心地往井裏看去,只見一個小孩在井底的水中**哭喪着臉**伸出

頭來，仰天望着這邊。他看來已哭得累了，並沒發出哭聲。

「那孩子懂得游泳嗎？已淹在水中多久了？」福爾摩斯向小賓媽問道。

「懂，他天生就懂得游泳。」小賓媽答道，「已淹在水中半個小時了。」

我們的大偵探想了想，向胖子工人問：「你們發現這口古井時，已經是有水的嗎？」

「不，本來是口涸井。」胖子工人搖搖頭，「不過，這幾天下過幾場大雨，井底就儲了一些水。」

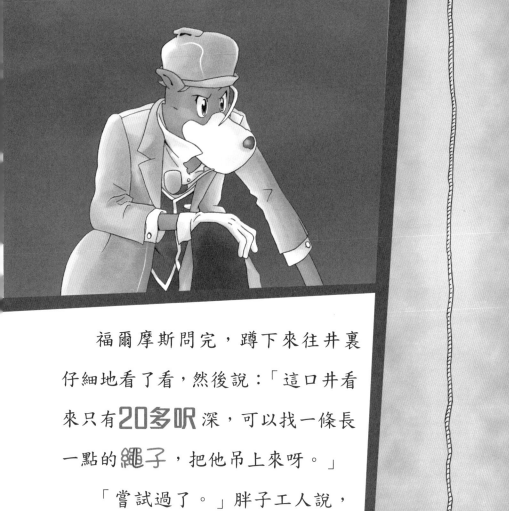

　　福爾摩斯問完，蹲下來往井裏仔細地看了看，然後說：「這口井看來只有**20多呎**深，可以找一條長一點的**繩子**，把他吊上來呀。」

　　「嘗試過了。」胖子工人說，「小賓年紀太小，加上受驚過度，不懂得把**繩圈**套在自己身上。剛才試過一次，他勉強套上了，但套得不牢，我們把他拉

高了六七呎左右時，繩圈鬆脫，他又摔到井底去了。我們不敢再冒險，怕把他拉到頂時，他又突然摔下去。要知道，摔得不好的話，會**頭破血流**。」

「**是啊！**」旁邊的瘦工人緊張地說，「剛才他摔下去時，還碰到了井壁，撞脫了好幾塊大**泥巴**。我們怕用繩索拉他上來時，如果觸動了井壁，可能會引起**塌方**。」

「這麼說來，不能用繩索了。」福爾摩斯說，「本來可以利用**浮力**的，但怕引起塌方的話，用浮力也不行。」

「浮力？甚麼意思？」小兔子好奇地問。

「很簡單，只要召幾輛儲水車來，把水注進井中，當井水的水位上升時，因為浮力的關係，小賓也會跟隨水位上升而上升。由於他懂水性，也不怕遇溺。」

「啊！我明白了。」小兔子說，「當水位升至井口的高度時，就可救起小賓了。」

「對，就是這個原理。」福爾摩斯說，「可惜的是，如果容易塌方的話，我們往井內注水時，水的衝力會把井壁的泥巴沖脫，可能會把小賓活埋。」

「啊！那樣太危險了！」小賓媽臉帶驚恐地說，「千萬別往井裏注水，請用別的方法吧。」

「**唔**……」福爾摩斯沉吟。

這時，在土坡上看熱鬧的人越來越多，大家似乎都在注視着我們的大偵探，看看他有何方法救人。

不一刻，福爾摩斯好像想起甚麼似的，突然眼前一亮，往不遠處的 **另一口井** 看去。

「怎麼了？」華生問。

福爾摩斯沒回答，只是向工人們說道：「去打開那口井的蓋子看看，可能有辦法。」

工人們不知道大偵探的 **葫蘆裏賣甚麼藥** ，但仍按吩咐，走過去撬開了封得牢牢的 **石蓋子**。

　　福爾摩斯走過去，探頭往被撬開了的**井底**看去，說道：「這口井也有**水**呢。」

　　「啊？是嗎？」胖子工人也探頭去看，「啊，真的有水。」

　　「奇怪？怎會有水的？難道這口不是**涸井**？」瘦工人摸不着頭腦。

　　「不，這口是涸井。」福爾摩斯說，「它的水，是從小賓那口井**流**過來的。」

　　「是嗎？」瘦工人懷疑地問，「你怎知道？」

　　「這個待會再回答你。」福爾摩斯說，「可以拿一條長**5呎**左右的**鐵枝**來嗎？」

「這個易辦，工地上多的是。我馬上拿來。」胖子工人**二話不說**，馬上跑去拿來一條5呎長的鐵枝。

福爾摩斯接過鐵枝，想也不想，就把它往井裏一扔。

接着，「**咚**」的一聲響起，鐵枝已插進井底的水裏去了。

華生連忙探頭往井底看去，驚訝地說：「**呀！**鐵枝插在水中，看樣子露在水面上的有兩三

呎長呢。」

「很好。」福爾摩斯滿意地笑了，「這證明這口井的水並不太深，否則鐵枝早已沉到井底去了。而且，只憑**目測**也可以知道這口井和小賓那口井的深度差不多，如果這兩口井的**井底相通**，

那麼，雨水進入小賓那口井後，就會流向這口井，所以兩者的**水位**才會一樣高。」

「這又怎樣？」瘦工人仍然滿腹疑惑，「證明它們井底相通與救小賓有何關係？」

　　「嘿嘿嘿，這樣的話，就可以安全地利用浮力，把小賓救出來了。」福爾摩斯說完，馬上吩咐胖子工人去叫幾輛儲水車來。

半個小時後，幾輛儲水車陸續駛至。與此同時，在土坡上圍觀的群眾更多了，他們雖然不知道儲水車有何用處，但看來已知道大偵探想到 **營救方法** 了，所以也逐漸安靜下來，**屏息靜氣** 地等待奇跡的到來。

「我和工人大叔們在這口井 **注水**，你和小兔子在小賓那口井看着，如果那口井的水位上升了，就大聲通知我。」福爾摩斯向華生兩人說完，就命令儲水車和工人們往井口注水。

華生 **不敢怠慢**，馬上與小兔子走到小賓那口井 **監視**。

看到華生兩人有所異動，圍觀的群眾也不禁緊張起來。

等了兩三分鐘左右，小兔子瞪大眼睛看着井底叫道：

「呀！水位上升了！」

華生也看到了，他連忙往福爾摩斯那邊揚聲高叫：「水位上升了！」

「是嗎？」福爾摩斯大喜，並不忘向工人們說明，「我們不斷在這口井**注水**，水就會通過

井底流到小賓那口井去，只要水位上升到足夠的**高度**，就能救出小賓了。」

「我明白了。在這口井注水，既可避過**塌方**活埋小賓的危險，但又可間接把水注到小賓那口井去，令**水位**慢慢

地上升。」胖子工人興奮地說，「福爾摩斯先生，你實在太聰明了。」

半個小時後，小兔子向福爾摩斯揮手大叫：

「升上來了！小賓升上來了！不用注水了！」

果然，小兔子話音剛落，華生已在井口把那個仍然一臉惶恐的小孩抱出。同一剎那，周圍響起了轟然的掌聲。

太厲害了！！ 嘩！ 嘩！！ 嘩！ 嘩！ 救出小孩了！！

「哇！救出小孩了！」

「太好了！小孩安全了！」

「太厲害了！福爾摩斯先生太厲害了！」

「沒想到他查案厲害，連救人也這麼厲害！」

「是啊！不愧是我們倫敦 **首屈一指** 的大偵探呢。」

歡呼和讚歎 **此起彼落** ，本來繃緊了的空氣也一下子就散去了。

「咦？福爾摩斯先生呢？」小兔子開心得大蹦大叫後，忽然發現我們的主角已失去了蹤影。

「啊，他人呢？」胖子工人詫異地說，「剛才還在呀。」

「對，我們還要向他 道謝 啊。」瘦工人也感到奇怪。

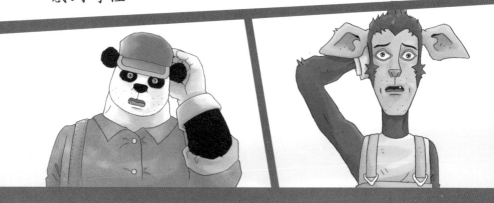

「哈哈哈，你們不必找他了。」華生笑道，「他有點害羞，最怕聽到別人的稱讚，一定是趁大家 額手稱慶 時，已獨個兒偷偷地逃了。」

「哎呀，福爾摩斯先生太 彆扭 了，怎麼連人家稱讚也害羞呢。」小兔子指着自己的鼻子說，「換了是我，一定會站在這裏向大家脫帽 鞠躬謝幕，乘機出一下 風頭 啊。」

「哇哈哈，小兔子，人家可不像你那麼愛出**風頭**啊！」華生笑罵，把工人們都逗笑了。

然而，這時大家都不知道，一宗將會奪去過百人性命的慘案已悄然逼近。而令人驚異的是，福爾摩斯這次的救人經歷，竟與破解慘案的方法**不謀而合**！

氣象站的殘景

在黃昏的陽光下，氣象站的 **頹垣敗壁** 染
上了一層柔和的金黃，為暴風肆虐後的暮色增
添了幾分**殘缺**之美。

「海默，真諷刺啊。」一個高高瘦瘦的男人，看着眼前的殘景說，「本來用作監測風暴的氣象站，竟然如此**不堪一擊**，一個暴風就把它吹毀了。」

「……」被喚作**海默**的青年，臉帶驚惶地看着那男人，不懂得如何回應。

那男人指着眼底下的海灣，說：「看！夕陽斜照下的海洋多麼平靜和漂亮，任誰也不會想到它會奪去幾百個漁民的**性命**呢。」

「這⋯⋯這是天災，沒有人會預料——」

「閉嘴！」男人突然怒喝，「氣象觀測員的工作不正是『預料』嗎？你的責任不正是要預測暴風的到來嗎？那幾百個漁民葬身大海，全是因為你失職！」

「不，當⋯⋯當時的風速和氣壓的數據顯示，暴風不⋯⋯不一定會吹到這裏來。」海默期期艾艾地反駁。

「海默，你以為我是誰？你可以騙倒其他人，但怎可能騙倒我？」那男人更憤怒了，

「別忘記，我也是**氣象觀測員**，我在幾十哩外的小島上觀測到的**數據**，和你觀測到的又會有多大分別？」

「幾十哩外⋯⋯可能⋯⋯可能不同吧⋯⋯」

「幾十哩外怎可能不同，一個**暴風**可以影響幾百哩範圍內的天氣，幾十哩之差，對於天氣來說，根本就等同**咫尺之間**！你是倫敦大學氣象系的高材生，怎可能不知道這麼簡單的道理！」

「總之⋯⋯總之⋯⋯我觀測到的**氣壓**確實不算太低⋯⋯所以──」

「好！你既然這樣說，快把當日記錄的**數**

據拿出來給我看！」

「數據⋯⋯嗎？」海默的眼神閃爍不定，「數據記錄已被暴風摧毀了⋯⋯氣象站都給吹得倒塌了，還⋯⋯怎會有數據⋯⋯」

「好完美的藉口！你以為我會相信嗎？一定是你把數據銷毀了，企圖掩飾自己的罪行！」

「不⋯⋯那只是天災⋯⋯」海默以哀求的語氣道，「你⋯⋯你就當作是天災，放過我吧。」

「是幾百條命啊！我怎可能放過你？不，就算我肯放過你，那幾百個冤魂也不會讓我放過你！」那男人殺氣騰騰地逼近海默，兩眼閃現着兇狠的目光。

「你⋯⋯你想怎樣？」海默被嚇得連連後退，「你不要過來⋯⋯！」

「快**從實招來**！你為甚麼延發暴風信息？你辦事一向**小心謹慎**，我不相信那是大意之失，背後一定有特別的原因。快說！否則，我就要你死在懸崖下！」

「哇！不要呀！我說了……我說了！」海默大驚下，**吞吞吐吐**地說出了延發暴風信息的經過，「當天晚上……我在氣象站當值……」

「你……你這傢伙實在太愚蠢了！」那男人聽完海默的自白後，**怒不可遏**地訓斥，「我們**氣象觀測員**身負重任，人民的性命財產都掌握在我們手中，怎可以因為貪賄和害怕而放棄自己的專業操守？你知道嗎？故意**延發暴風信息**等同謀殺！那幾百個漁民是因為相信你的天氣預報才會出海捕魚，他們等於死在你的手上啊！」

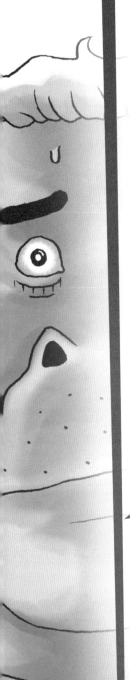

「我⋯⋯我真的⋯⋯沒料到 **暴風** 會⋯⋯」海默臉色刷白，嚇得渾身打顫，「預測也不是每一次⋯⋯每一次都準確⋯⋯我以為這次⋯⋯這次也可能 **失準** ⋯⋯所以⋯⋯」

「所以⋯⋯你就以為可以 **造假** 嗎？」那男人的怒號已夾雜着 **錐心刺骨** 的悲痛，「你的一念之差，害死了好多人啊！你 **萬死** 也不足以補償這個錯誤啊！」

「你原諒我吧！」海默苦苦哀求，「我……我只是一時……**一時糊塗**……」

「閉嘴！一時糊塗害死了幾百人！你說我怎可以原諒你！我一定要你和你的同夥**血債血償**！」

男人的斥責聲響遍了整個山岡，為氣象站的殘景多添了幾分**悽厲**。

跳崖自殺

　　「**哇！太慘了！**」華生看着手上的早報，失聲喊道。

　　正在看書的福爾摩斯抬起頭來，問道：「太慘了？**大驚小怪**的，有甚麼大新聞嗎？」

　　「不，我說的是幾天前的那場**暴風雨**。」華生答道。

　　「啊，那場暴風雨嗎？報紙不是早已報道過了嗎？」

「是啊，但最新的統計數字出來了。」華生深深地歎了一口氣說，「暴風中有2500多間房屋倒塌，陸上死了400多人。但海上死的人更多，據說有50多艘漁船出海時正好遇上風暴，有500多人罹難。」

「是嗎？」福爾摩斯皺起眉頭，「他們太輕視暴風的威力了，實在不該出海捕魚啊。」

噠咚噠咚、噠咚噠咚。

這時，樓梯響起一陣腳步聲。

「啊？難道小兔子來了？」華生說。

「不，腳步聲不像小兔子。」福爾摩斯

說，「聽起來，像是我們的朋友**狐格森**。」

「嗨！太好了。」果然，走進來的是狐格森，「我還擔心你們不在家呢。」

「怎麼了？遇上甚麼**棘手**的案子嗎？」福爾摩斯問。

華生聽到老搭檔這麼問，不禁暗笑。他知道，要是沒有特別棘手的案子，狐格森是不會突然來訪的。

「哈哈哈，福爾摩斯先生果然**料事如神**，確實遇上了一點小麻煩。」狐格森連忙假笑幾聲，企圖掩飾跑來求助的尷尬。畢竟，對於一個蘇格蘭場大幹探來說，向一個私家偵探求助並不是一件**光彩**的事。

「**小麻煩？**」福爾摩斯斜眼望着狐格森

說，「既然是小麻煩，就不必來找
我啦。」

「不，雖然是小麻煩，卻頗為
棘手。」狐格森連忙解釋，「在威

爾士海岸附近的一個漁港小鎮
上，有個名叫海默的 **氣象站**
職員 跳崖自殺死了，局長要
我和李大猩去查證一下，看
看他是否真的 **自殺**。」

「那還不簡單嗎？」福
爾摩斯說，「你們兩位去
查一下不就行了？」

「哎呀，麻煩就在這裏
啊。」狐格森苦着臉說，「我
和 **李大猩** 已查過了，死者海默

確實有很強的 **自殺動機**，但局長的朋友不相信，叫我們再查清楚。」

「局長的朋友？甚麼意思？」福爾摩斯感到奇怪。

「局長的朋友是 **倫敦氣象局** 的主管，死者海默是他在大學教書時的學生。他說海默 **畏高**，就算尋死，也絕不會跑去 **跳崖**。」狐格森說。

```
畏高  ➡  跳崖
```

「畏高的人不會選擇跳崖，確實有道理呢。」華生插嘴說。

「哎呀，你不明白的了。」狐格森擺擺手說，「他害死了幾百人，**精神狀態** 可能已非常不穩定，又怎會畏高。」

「害死了幾百人？」福爾摩斯赫然一驚，

「**究竟是怎麼一回事？**」

「你們沒看報紙嗎？」狐格森反問，「**布里托漁港**有幾十艘漁船在暴風來襲前出海，結果全部沉沒，幾百個漁民被淹死了。」

「那只是**天災**，跟死者有何關係？」華生問。

「本來是沒有關係的——」狐格森一頓，突然壓低聲調，**煞有介事**地說，「但海默不知何

故**延發暴風信息**，漁船以為沒事就紛紛出海，結果……」

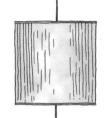

「啊……」雖然狐格森沒說下去，但福爾摩斯和華生都明白了。在害死幾百人的巨大壓力下，一個人確實會失去理智，做出異常的行為。

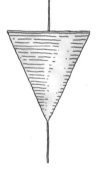

兩個證人

當福爾摩斯、華生和狐格森三人抵達布里托漁港的小旅館時,一陣陣的**傾盆大雨**突然襲至,從海面吹來的烈風也「**嗚嗚**」作響,看來一場**風暴**即將來臨。三人跳下馬車後,連忙鑽進了旅館中。

李大猩已久候多時,他看到福爾摩斯三人踏進旅館大堂,馬上走過去歎道:「真倒霉,這個漁港幾天前才被暴風吹個**稀巴爛**,陸上

和海上都死了好多人,想不到現在又來一個暴風。」

「是啊，希望這次不會造成太多傷亡吧。」福爾摩斯說。

「對了，有關那宗跳崖自殺案，有沒有甚麼新的發現？找到他的遺書沒有？」狐格森向李大猩問道。

「沒有遺書，也沒有甚麼新發現，但肯定是畏罪自殺，錯不了。」李大猩語帶牢騷地說，「要不是倫敦氣象局的高官要求局長再查，根本就不必呆在這裏浪費時間。」

說到這裏，李大猩一頓，轉過頭苦着臉去對福爾摩斯說：「這次拜託你啦，不然那個氣象局的高官不會死心。」

「對對對，我們馬上去**跳崖**的現場看看，沒甚麼新發現的話就可以回倫敦**銷案**了。」狐格森附和。

華生心想，兩人平時最討厭福爾摩斯插手他們的案件，現在卻主動要求協助，看來只是為了找個理由好**交差**。

「現在去跳崖現場？」福爾摩斯**不以為然**地說，「外面已刮起大風又下着大雨，恐怕我們一踏上崖頂就會被烈風吹下

懸崖啊。況且，經過這種風雨**洗刷**，現場也不會留下甚麼證據。」

「那怎辦？老遠從倫敦趕來，甚麼也不做嗎？」狐格森問。

「不，我們可以討論一下**案**情呀。」福爾摩斯說，「反正沒事幹，討論案情可以刺激腦袋，也可以**解悶**。」

「還有甚麼可以討論？」李大猩問，

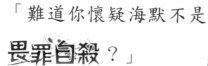

「難道你懷疑海默不是**畏罪自殺**？」

「不，在懷疑他是否畏罪自殺之前，必須先解答一個問題。」福爾摩斯說，「這個問題就是──

他為甚麼會延發暴風信息，間接令漁民出海送死？」

「這個嘛，我早查過了。」李大猩自鳴得意地說，「據說漁民出海前的天氣正常，沒有必要掛出暴風信號，沒想到天氣突變，當察覺暴風來臨時，很多漁船已出海了。」

「要是這樣的話，他並沒有犯錯呀，又何須畏罪自殺？」福爾摩斯質疑。

「這——」李大猩一時語塞，但馬上反駁道，「他負責監察天氣，看不出暴風快要殺到，也是犯錯啊！」

「對，而且死了那麼多人，因為自責而尋

死並不出奇呀。」狐格森也附和。

「唔……」福爾摩斯想了一下，問道，「你們有沒有看過氣象站當天的**氣壓記錄**？」

「氣壓記錄？那是甚麼東西？」李大猩問。

「那是證明海默有沒有**犯錯**的**證據**呀。」福爾摩斯訝異，「你們認為他畏罪自殺，竟然沒有去找這個『**罪證**』嗎？」

李大猩和狐格森兩人**面面相覷**，看來並不知道福爾摩斯在說甚麼。

「哎呀，還不明白嗎？」福爾摩斯沒好氣地說，「暴風形成期間，**氣壓**會一直下降。一般來說，氣壓越低，暴風的強度就會越大。氣象

暴風越大

氣壓越低

站的其中一個工作，就是<u>監測</u>和<u>記錄</u>氣壓的變化。就是說，如果海默在氣壓異常低的情況下仍不發出 暴風信息 ，就是明顯失職了。」

「是嗎？哈哈哈，我們警隊是負責捉賊的，又沒上過氣象課，怎會知道 氣壓 甚麼的。」李大猩以笑來掩飾自己的愚笨。

「哈哈哈，就是嘛。」狐格森也尷尬地笑道，「我們只懂得下雨要帶傘子，關於天氣的事甚麼也不懂啊。」

「況且，那個氣象站在風暴中已 倒塌 了，就算有 氣壓記錄 也找不到啦。」李大猩不忘補充。

「找不到氣壓記錄嗎……？」福爾摩斯非常失望，但他想了想，又問道，

「氣象站沒有其他職員嗎？可以找他們來查問
一下呀。」

「這個漁港的氣象站只有
兩個職員，每次都是輪班當
值。」狐格森說，「上次暴風
來襲的那一天，剛好是海默當
值，並沒有其他職員。」

「唔……這麼說的話，不但沒有物證，連
人證也沒有。」福爾摩斯皺起眉頭自言自語。

「算了。」李大猩沒好氣地說，「你想找
人證的話，找霍克來問問吧，反正他家漏水，

今早已搬進這間旅館暫住。」

「霍克？他是誰？」華生
問。

「他是捕魚船船隊的老闆。」

李大猩說，「在船隊出海前，他曾經到 **氣象站**
去查問過暴風的情況，可能知道 **氣壓** 的事。」

　　「是嗎？快叫他來吧。」福爾摩斯精神一
振，「我們去咖啡廳等他。」

　　「你們想問關於 **漁船沉沒** 的事嗎？」霍
克一坐下，就哭喪着臉說，「死了那麼多人，

實在太慘了。要知道，船隊的漁民就像我的家人，有些連屍體也找不到……嗚……實在太慘了……」

「請**節哀順變**吧。」福爾摩斯客氣地問候，但話鋒一轉，馬上切入正題，「你知道氣象站職員海默先生已**墮崖身故**嗎？」

「知道……我們都知道了……」霍克滿臉哀傷地哽咽，「他是個大好青年，其實不必**尋死**……**天災**罷了，沒有人想看到這種慘劇發生……」

「你也認為他是尋死嗎？」福爾摩斯問。

「不是嗎？大家都這麼說啊。而且……死了那麼多人，我很明白他的心情……」霍克黯然

無語。

華生看到眼前的老人如此傷心，內心也不期然地感到**慽慽痛**。

「據說在漁船出海之前，你曾經找過海默先生，是嗎？」福爾摩斯繼續問道。

霍克緩緩地抬起頭來，領首道：「是的。當時我和漁民們都感到天氣有點**異常**，為安全起見，我就特意走去氣象站查問**天氣**的狀況。海默先生告訴我不用擔心，說只是風大一點，其他都正常，可以照常出海。」

「他有沒有提及**氣壓**的事？」

「氣壓嗎……？沒有啊。」霍克看似不太明白福爾摩斯的問題，語帶疑惑地回答。

「那麼，你知道**天氣正常**後，就叫漁船出海了？」

「是的。捕魚是我們的惟**一生計**，天氣正常的話，當然要出海捕魚了。但是……但是又怎會想到……」霍克說到這裏，情緒又激動起來，他用手背擦擦眼角，再也說不下去了。

福爾摩斯安慰道：「勾起了你的傷痛，實在非常抱歉。請你回房間休息吧。」

待霍克離開後，李大猩**急不及待**地說：「看！有霍克先生作證，就算沒有當天的**氣壓記錄**，已足可證明我的說法沒錯，風暴之前天氣正常。」

「就是嘛，其實氣壓只是一些**數字**，正所謂**天有不測之風雲**，氣壓記錄也證明不了甚麼。」狐格森被李大猩搶了風頭，連忙插嘴補充。

就在這時，一個20來歲的年輕人走了進來。李大猩見到了，**精神一振**，馬上把他拉了過來，並說道：「你來得正好，快把今早說的再講一遍，他們三位都是特意從倫敦趕來調查**海默自殺案**的，一定也想聽你談談關於海默先生的事。」

「這位是？」福爾摩斯訝異。

「啊，我沒介紹嗎？」李大猩這才醒悟，連忙介紹道，「這位科爾先生是海默先生的同學，特地

從外地趕來出席他的**喪禮**。」

科爾被突然拉了過來，看來有點不高興，但仍坐下來說：「關於海默的事，既然他已經死了，其實也沒有甚麼好說了。」

「不，請你說說。」福爾摩斯道，「我們知道他**畏高**，又找不到他的**遺書**，所以仍未肯定他是否跳崖自殺。」

「原來你們想問這個……」科爾想了想，不太情願地答道，「他是我唸大學時的（室友），是個好人，我不想在他死後**貶抑**他的為人。」

「我們只是想查明他自殺的**真相**罷了，沒有貶抑他的意思。」華生解釋道。

「對，你應該**實話實說**，協助警方查出真相。」狐格森說。

「……」科爾猶豫片刻，深深地歎了一口氣才答道，「好的，我就**實話實說**吧。海默個性比較懦弱，飼養的

小烏龜死了也會痛哭一場。這次海難死了那麼多人，我相信他承受不了，可能是因為**自責**而尋死。不過……」

「不過甚麼？」福爾摩斯追問。

「不過正如你說那樣，他確實**畏高**，在正常的情況下也不會選擇跳崖。但死了那麼多人，已不算是正常的情況吧？」

「那麼，**遺書**呢？你認為他沒留下遺書，

是否有點**異常**？」福爾摩斯問。

「這個倒不算異常，因為他一向都不喜歡**寫信**，遺書也算是信的一種吧。」

「原來如此⋯⋯」福爾摩斯有點失望。

「福爾摩斯，你看！」李大猩興奮地說，「我說海默是**畏罪自殺**，錯不了！他**畏高**和沒有留下**遺書**，並不能說明甚麼。」

聞言，科爾一臉不快地站起來道：「沒有別的事情了吧？我能說的已說了。原想下來喝

杯咖啡的，現在已沒有心情喝了。再見。」說
完，他頭也不回地走出了咖啡廳。

　　華生心想，李大猩 **肆無忌憚** 地說甚麼
「畏罪自殺」，科爾聽在耳中一定不好受。

「科爾先生也是住在這旅館嗎？真巧呢，霍克先生住在這裏，我們也住在這裏，與自殺案有關的人都住在這裏。」福爾摩斯感到不可思議。

旅館

「哎呀，這漁港小鎮就只有這麼一間旅館，還有別的地方可以住嗎？當然是住在這裏啦。」李大猩沒好氣地說。

「哈哈，太好了。」狐格森忽然說。

「甚麼太好了？」華生問。

「不是嗎？幸好大家都住在這裏，不用費甚麼 **工夫** 就查問了兩個重要 **證人** ，並證明海默是畏罪自殺，不用再花時間查下去呀。」狐格森不掩喜悅地說，「待暴風過後，我們一起到海默跳崖的地方看一下，然後就可以 **打道回府** 了。」

「對，到時局長也得接受我們的調查結果。」李大猩也 **喜滋滋** 地說，「哈哈，吃完晚飯後，就可以 **倒頭大睡** 去了。」

荒屋命案

夜裏，暴風不斷在外面**咆哮**，大雨**嘩啦嘩啦**的下過不停，吵得華生睡不安寧。到了早上，幸好風勢和雨勢已逐漸減弱，大地終於回復平靜了。華生換好衣服正想下樓去吃早餐，一陣激烈的拍門聲突然響起。

「**華生！快開門！霍克先生死了！**」門外傳來了福爾摩斯急促的呼喊聲。

原來，今早6時左右烈風已過，人們於是紛紛外出活動。有人經過高地的一間荒屋時，聞到一陣燒焦了木頭的氣味。在好奇之下，那人走進屋子查看，發現本來應該住在旅館中的霍克，竟然陳屍屋內！

福爾摩斯一行四人在當地警察帶領下趕到了荒屋。他們一踏進屋內，就看到一對被釘在地板上的腳鐐，和一堵被熏黑了的牆壁。而牆壁附近的地板也被燒焦了，留下了一大片木炭的餘灰。

「屍體呢？怎麼沒有屍體的？」李大猩感到奇怪。

「屍體嗎？已叫仵工搬走了。」看守現場的大個子警察答道。

「你們辦事效率也真高，這麼快就把屍體搬

走了，你叫我們怎樣調查搜證！」
狐格森不客氣地**責難**。

「不，我們本來也不想搬動
屍體的。」大個子警察**誠惶誠**
恐地說，「可是霍克先生的家

人來到後，說把屍體留在這種荒屋太可憐了，
硬要把屍體搬走。要知道，霍克先生是本地**名**
流，我們也沒辦法。」

「**廢話！**」李大猩罵道，「你們一定是收了人家的**打賞**，才會給人方便！我沒說錯吧？」

「不……我們……怎會這樣……」大個子警察看來心中有鬼，被嚇得**期期艾艾**的，不懂得如何回答。

「算了、算了，反正已被搬走了，再追究也沒用。」福爾摩斯說完，大手一揮，指着被釘在地上那對**腳鐐**問，「那是甚麼，地上怎會有

那種東西的？」

「啊……那是用來**拴**着霍克先生腳踝的腳鐐，我們解開了腳鐐，才能搬走他的屍體。」

「原來如此，看來兇手是用那對腳鐐來防止霍克先生逃走呢。」福爾摩斯說。

「是的，不過……」大個子警察**猶有餘悸**地說，「霍克先生除了被腳鐐拴着外，他的小腿還被綁在大腿上，雙手又被反綁在背後，像一隻蝦似的**弓**着身子躺在地上，死狀非常恐怖。」

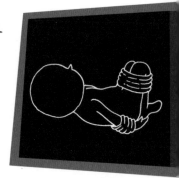

「**小腿被綁在大腿上？**」福爾摩斯感到疑惑，「就像蹲下時的樣子嗎？」

「是。」大個子警察答道，「就像蹲下時，小腿貼在大腿上的那個樣子。」

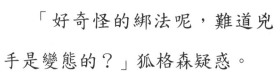

「好奇怪的綁法呢，難道兇手是變態的？」狐格森疑惑。

「哼！還用問，兇手肯定是個**變態殺人狂**！」李大猩怒罵。

「腳鐐附近沒有被**燒**

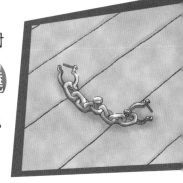

過的痕跡，霍克先生沒被火燒着吧？」福爾摩斯問。

「是的。他沒被燒着，他看來是被木炭的濃煙熏得**窒息**而死的。」大個子警察答。

「木炭的**濃煙**嗎？」福爾摩斯說着，走到那堆木炭旁邊，掏出口袋中的**放大鏡**，蹲下來細看。

「兇手為何要那樣做呢？」華生感到奇怪，

「如要殺死霍克先生，可以直接殺呀，為何要鎖着他，又用燒炭的方式來行兇呢？」

「哎呀，剛才不是說了嗎？」李大猩不耐煩地說，「變態殺人狂嘛，一定是想折磨霍克先生，要他在恐懼中慢慢地死去。」

「但是，兇手為甚麼要把霍克先生的小腿和大腿扣綁在一起呢？」華生仍然大惑不解，「霍克先生已被腳鐐拴着，雙手又被反綁，已不能動彈呀。」

「哎呀，華生醫生，你那是正常人的思維啊。」李大猩**自以為是**地說，「變態即是不正常，我們不能用正常人的思維去理解**變態行為**呀。」

「**奇怪……**」突然，蹲在地上的福爾摩斯自言自語地說。

「怎麼了？有甚麼發現嗎？」狐格森緊張地問。

「你們看，這是甚麼？」福爾摩斯舉起一節管狀玻璃說。

華生三人連忙湊過去看。

那是一節彎曲了的玻璃管，管的兩端已碎，管身也被熏黑了。

「看來是斷裂了的壺頭呢。」華生說。

「對，這確實像玻璃茶壺的壺頸。」福爾摩斯說着，指着地上一些玻璃碎道，「這些碎片應該來自茶壺的其他部分。」

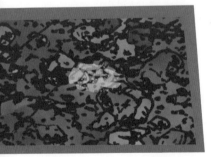

「一個被打碎了的茶壺有何奇怪？」華生問。

「這荒屋除了牆角的一張椅子外，甚麼生活用品也沒有。」福爾摩斯說，「但在木炭

荒屋命案

堆中卻有一個茶壺，不奇怪嗎？」

華生三人**面面相覷**，並不明白大偵探的意思。

「還有，更奇怪的是，這裏還有幾滴**水銀**呢。」說着，他點出了木炭中幾點**銀白色的液體**。

19世紀末生活用品小知識

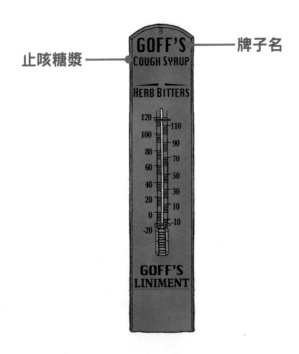

牌子名

止咳糖漿

GOFF'S
COUGH SYRUP

HERB BITTERS

GOFF'S
LINIMENT

　　現在，一間公司想為自己的產品或服務賣廣告，可供選擇的媒體非常多。如報紙、雜誌、電視、電台、facebook和網上搜尋器等等。不過，在19世紀末，可供賣廣告的媒體並不發達，除了已經有的報紙和雜誌外，一切當眼的物件都會成為賣廣告的媒介。圖中的溫度計就是一例，它賣的是一家藥廠的止咳糖漿。

　　為甚麼會在溫度計上賣止咳藥的廣告？兩者的關係好像不大呀！但細心一想，其實兩者是頗有關係的。有甚麼關係？請運用你的想像力，自己想一想吧。

水銀 茶壺

「**水銀？**」李大猩驚詫得瞪大了眼，「這地方怎會有水銀的？」

「唔⋯⋯」華生看着那幾滴水銀，陷入了沉思之中。

「哈，我知道了！」忽然，狐格森**沾沾自喜**地說，「**是溫度計！** 溫度計內都有水銀。一定是兇手把一個溫度計當作木柴丟進火堆中，溫度計被燒成**灰燼**後，就餘下幾滴水銀了。」

「啊……！」李大猩沒想到狐格森的反應這麼快，點出了他沒想到的地方。

「狐格森探員的**聯想力**很不錯，但有兩個問題需要解答。①兇手為何要把**溫度計**丟進火堆中？②水銀在常溫下很容易**揮發**掉，遇火更不用說了，但為何仍會留在木炭堆之中呢？」福爾摩斯問。

「這……」狐格森頓時語塞。

「對！不會是溫度計。」李大猩見**有機可乘**，馬上笑嘻嘻地奚落，「你不要**自作聰明**了，推理要用**邏輯思維**呀。」

狐格森不甘受辱，立即**反唇相譏**：「哼！

你又怎樣？你那麼聰明的話，為何不表演一下你的**邏輯推理**？」

「你說甚麼？」李大猩氣極。

「哎呀，你們別吵了。」福爾摩斯沒好氣地說，「我們不如冷靜地思考一下，**玻璃茶壺**、**水銀**和**木炭**的關係吧。」

聞言，三人都陷入了沉思，但想了幾分鐘，仍一點頭緒也沒有。

「**哎呀！實在太難了**。」李大猩拚命抓頭。

「是啊，茶壺、水

銀、木炭，三者完全**風馬牛**

不相及，怎會有關係呢？」

狐格森也語帶牢騷地說。

「唔……」但福爾摩斯沒理會他們，只是自顧自地沉吟，「茶壺是用來盛**茶**或盛**水**的，與**水銀**有何關係呢？」

「啊！」聞言，華生猛然醒悟，「水銀有**毒**，難道兇手用茶壺來盛水銀，強行要死者喝下，想**毒死**他！」

「不太可能。」福爾摩斯搖搖頭說，「如果兇手要用水銀毒死霍克先生，為何又要**燒炭**呢？」

「唔……有道理。」華生沉吟，「用水銀下毒的話，就不用燒炭了。」

燒炭＝
毀滅證據

李大猩聽到他們這樣說，忽然眼前一亮：「哈！這個我知道！兇手燒炭是為了**毀滅**兇案現場，以免留下**證據**，這手法太常見了。」

「這也不太可能呀。」福爾摩斯再度否定，「如果兇手要毀滅兇案現場，應該到處點火才對呀，為何這間屋只得一處被火燒過，其他地方都**完好無缺**呢？而且，用燒炭的方式來燒毀房屋，是非常沒有效率的方法啊。」

「哎呀！這也不對，那也不對，太難了！太難了！」李大猩急得**直踩腳**。

「不，我認為華生已說出了一個**重點**。」

「我說出了重點？甚麼重點？」

華生詫然。

「茶壺一般是用來盛茶或水的，換句話說，就是用來盛**液體**的。」福爾摩斯分析道，「水銀雖然是**金屬**，但在常溫下也是液體，你推

測茶壺曾被用作盛載水銀，是合乎邏輯的。而且，經過火燒後仍有水銀留在地上，證明水銀曾被茶壺盛着，而且有一定的量，否則早已**揮發**了。」

「可是，如果兇手不是要霍克先生喝下水銀，他為何要用**茶壺**來盛載**水銀**呢？」華生

問。

「問得好。」福爾摩斯說，「我認為答案就在那堆炭之中，因為**玻璃茶壺**被扔在那裏，應該與那堆炭有關。」

「炭嗎？一個盛載了水銀的茶壺，為何會與炭有關呢？」狐格森摸不着頭腦。

「對不起，請問我可以說一句話……？」一直在旁沒作聲的大個子警察**戰戰兢兢**地問。

「當然可以，請說。」福爾摩斯應道。

「炭生火，火生煙，煙熏死了霍克先生……」大個子警察說，「兇手的目的是**行兇**，他用茶壺盛載水銀，會否與他想**熏死**霍克先生有關？」

「傻瓜！一壺**水銀**又怎會變成**煙**來殺人呢？」李大猩罵道，「簡直就是**異想天開**！」

「對。」狐格森也附和，「要令木炭燒着冒煙，用一根火柴就夠了，何須用與火沒有關係的水銀呢？」

「不。」福爾摩斯說，「從這個現場看來，兇手正是不想用最簡單的方法行兇。我們既然在**木炭**上發現

了**水銀**，就不可忽視水銀的作用。我估計，水銀可能與**生火**的**方法**有關，因為兇手必須生

火才能**熏**死霍克先生。」

「水銀也可以生火嗎?」狐格森問。

「水銀不可生火,但能否**間接生火**呢?如果能的話,那是甚麼方法呢?」福爾摩斯說着,又陷入沉思。

| 水銀 | ▶ | ? | ▶ | 炭 | ▶ | 火 | ▶ | 煙 |

「啊……對不起,請問我可以說一句嗎……」大個子警察又**吞吞吐吐**地問。

「哎呀,別**囉囉唆唆**的,有話快說!」李大猩不耐煩了。

「是的、是的。其實，發現屍體的人說過……」大個子警察說，「他撞開這間屋的門時，聞到一陣燒焦了糖的氣味……」

「**甚麼？燒焦了糖的氣味？**」福爾摩斯臉上閃過一下疑惑，「難道與糖有關……？」

水銀	▶	砂糖	▶	炭	▶	火	▶	煙

「甚麼？糖？」李大猩緊張地問，「**糖**與**水銀**會引起化學作用，令木炭燃燒起來嗎？」

「不，糖與水銀不會起化學作用。」福爾摩斯想了想說，「但它與**氯酸鉀**混合起來，再碰到**硫酸**的話就會劇烈地**燃**

硫酸→

氯酸鉀＋砂糖

←木炭

燒。兇手很可能是利用這個方法來把木炭燃

點。」

「原來如此。」狐格森問，「**但這跟水**
銀又有何關係？」

「是的，與水銀又有何關係呢？」福爾摩斯
又陷入了**死胡同**。

「其實……我還有一句話想說，請問可以

嗎？」大個子警察生怕打擾了福爾摩斯似的，

低聲地問。

「哎呀！你這人真**不爽快**，有話就快說

吧。」這次，連狐格森也顯得不耐煩了。

「是的、是的。」大個子警察慌忙說道，

「其實，我一直感到奇怪，要殺霍克先生這種老人家並不難，兇手為甚麼要在**暴風雨之夜**，挑這個地方來行兇呢？是偶然？還是他**故意**的呢？」

「唔……問得有道理，我也一直在想這個問題。」福爾摩斯沉吟，「在暴風雨之夜，把霍克先生帶到這間建於**山岡**上的荒屋來並不容易，如果沒有**特別**的**含意**，兇手不會這樣做。而且，如果兇手真的是用水銀來**生火**也太奇怪了，他為甚麼要這樣做呢？」

李大猩沒好氣地說：「別說傻話了，難道水銀會跟**暴風雨**有關嗎？」

「你說甚麼？」福爾摩斯仿如遭到**雷擊**似的，瞪大了眼睛。

「我說，難道水銀會跟暴風雨有關嗎？」

「**一言驚醒夢中人！**」福爾摩斯興奮地說，「你說對了！是暴風雨！那壺水銀是依靠暴風雨才能生火，所以，兇手必須挑選在**暴風雨之夜**行兇！」

| 水銀＋暴風雨 | ▶ | 砂糖＋氯酸鉀＋硫酸 | ▶ | 炭 | ▶ | 火 | ▶ | 煙 |

「甚麼意思？」華生問。

　　福爾摩斯沒有回答，他瞥了一眼地上的，然後神色凝重地走到窗邊，一臉茫然地看着窗外的景致，自言自語地說：「原來如此……通過這扇窗，可以看到大海……那幾百個漁民就是葬身在這個**茫茫大海**……兇手把霍克帶到這裏來，又把他的小腿和大腿捆綁在一起，原來……原來為的是強迫他下跪，要他向着大海**懺悔**……」

　　「懺悔？」眾人不明所以。

害死漁民的元兇

「福爾摩斯……」科爾在咖啡廳喝着咖啡，心中暗忖，「沒想到海默的死竟引來了倫敦**鼎鼎大名**的私家偵探，他會查出我殺死霍克的手法嗎？不可能……那手法與暴風有關，就算他聰明絕頂，也不會明白當中的奧妙。哼！就算明白又怎樣？霍克那老頭**罪該萬死**，我只是**替天行道**罷了……」

想着想着，科爾的腦海中又浮現出他在荒屋中質問霍克的情景。

「哼！霍克先生，你終於嘗到面對死亡卻又感到無助的滋味吧？」科爾向跪在地上的霍克冷冷地道，「不過，那些死前在暴風中掙扎的漁民，肯定比你無助百倍。」

「你……你想怎樣……？」霍克臉帶驚惶地問，「那些漁民是死於風暴，沒有人預料到會那樣，那是天災……你不能怪罪於我……」

「廢話！」科爾大喝，「海默已向我招認了，當時的氣壓不斷下降，已達到異常的境界，要不是你威嚇他和賄賂他，他

一定會掛出暴風信號，警告漁船不要出海！」

「這……」霍克恐懼的眼神閃爍不定，但仍努力地為自己辯解，「但是……這幾個月來，氣象站掛過兩次暴風信號，結果……結果暴風都沒有吹來……氣壓下降也……也不一定——」

「傻瓜！」科爾怒罵，「氣象站的工作是發出預警，怎可能保證每一次都準確無誤！暴風是否吹來，還要看很多不同因素。你阻止海默發出預警，等於

間接害死了出海的漁民！你是殺人犯！」

「但……但是……我也不想發生這種意外……我也損失了幾十艘漁船啊……**天有不測之風雲**……我叫海默不要發出預警雖然不對，但漁民的死也不能全怪我……」

「哼！你這麼說的話，等於是怪天氣了？」

「不……我確實有錯……我願意接受懲罰……但我並沒有殺死漁民……是突然變化的天氣殺了他們……」

「嘿嘿嘿，早知你會這樣說。」科爾仰天而笑，「海默告訴過我，在出事後你就是這樣對他說，叫他不要太過內疚，把甚麼都推到天氣上就行了。好！我早已準備好了，就讓天氣來決定你的生死吧！」

「甚⋯⋯甚麼意思？」霍克又驚恐又疑惑地問道。

「甚麼意思？嘿嘿嘿⋯⋯你沒聽到外面的**風聲**嗎？」科爾發出令人戰慄的冷笑，「不遠處正有一個**暴風**形成，如果它沒變成暴風，或者風向改變，吹到其他地方去的話，你就不必死。不過⋯⋯要是它真的形成暴風，又吹到這裏來的話，你就必須一死！」

「甚麼意思⋯⋯怎⋯⋯怎會這樣?」

「哼!你這**不學無術**的吸血鬼又怎會明白,我也沒心情為你上一堂**氣象學**的基礎課!」科爾罵道,「總之,當氣壓下降到一定程度,你就必死無疑!套用你的說話,要怪就怪**天氣**吧!」

「不!求求你,放過我吧!」霍克哀求。

「放過你?當你下令漁民出海時,你有沒有想過放過他們?」科爾怒號,「如果你還有一點**良知**的話,就乖乖地跪在這裏,向那幾百個葬身大海的漁民真誠地**懺悔**吧!或許你的懺悔會打動**上天**,令上天放你一條生路。想我放你?休想!」

「不要……請你不要殺我……我有錢！我付錢給你！你放過我吧！」

小遊戲答案

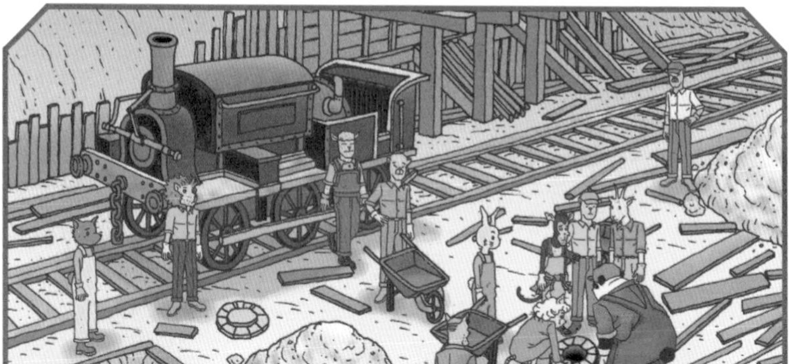

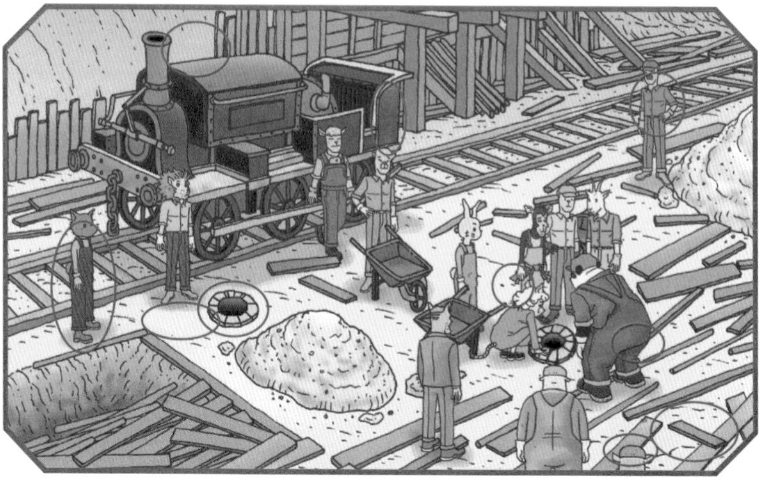

暴風殺人

「科爾先生——」

一個聲音傳來，打斷了科爾的 思緒 。他回頭一看，只見福爾摩斯等人已走了過來，心中不禁 赫然一驚 。

「我們可以坐下來嗎？」福爾摩斯說着，已坐了下來。

接着，華生、李大猩和狐格森也相繼坐下。科爾感到各人的視線都緊緊地 盯 在自己臉上。

「難道又想查問關於 海默 的事？」科爾強裝平靜地問。

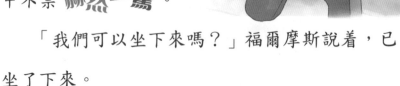

「不，這次是想問 天氣 的事。」福爾摩斯
說。

「天氣？為甚麼問我？」

「你不是海默的同學嗎？我們已查過了，你
在大學也是唸 氣象學 的呀。」

「……」

「而且，只有熟悉的人，才會想出那麼奇特的謀殺方法。」

「**謀殺方法**？我不知道你在說甚麼。」

「氣壓。」福爾摩斯冷冷地吐出兩個字。

科爾突然感到心臟怦怦直跳，暗自忖思：「太厲害了！這人果然**名不虛傳**，那麼巧妙的方法竟被他**一語道破**。但他沒法證明我是殺人兇手，且看他怎說。」

「你的謀殺方法確實奇特，但當我們將暴風與水銀聯想起來後，馬上就想到了**氣壓計**，並察覺炭灰中的玻璃碎並非來自茶壺，而是來自**壺狀氣壓計**。」福爾摩斯說着，把箇中原

理一一道出。

1 原來，那個破碎的玻璃壺是一個盛載着水銀的氣壓計。如果氣壓穩定，壺頸內的**水銀柱**就會維持在一定的高度。

2 當暴風雨來臨，氣壓下降時，由於壺頸內的**水銀柱**所承受的大氣壓力減少，水銀柱就會下降。人們通過觀測水銀柱的升高或下降（氣壓的變化），就可預測天氣。

3 硫酸

科爾利用氣壓計的這個原理，於暴風來臨前，在**水銀柱**頂部注入硫酸，並把玻璃壺置於木炭上，又在壺的下方放置氯酸鉀與砂糖的混合物。

氯酸鉀+砂糖

4 當暴風吹至時，氣壓急促下降，水銀柱升高，並把頂部的硫酸推出壺嘴外。當硫酸滴到壺下的氯酸鉀與砂糖時，馬上發生化學反應起火，並把木炭燒着。

「就是這樣，木炭着火燃燒，令人吸入**濃煙**至死。」福爾摩斯最後總結道。

「這個殺人方法確實巧妙，但你們不能單憑我是唸**氣象學**的，就指控我殺死了霍克先生

呀。」科爾**木無表情**地說。

「嘿嘿嘿……」福爾
摩斯冷笑，「科爾先生，
我有說過**受害人**是霍克
先生嗎？你怎會知道他被
殺的？我們剛從兇案現場
回來，除了警察和屍體

發現者外，並沒有人知道他已被殺啊。」

「**啊！**」科爾頓時啞然。

「你已**不打自招**，毋須再狡辯了。」福
爾摩斯說，「我倒想知道，你為甚麼不馬上逃

走？留在這裏幹甚麼？」

「逃走……？我從沒想過。」

科爾用力地呼了一口氣道，「我
信**天命**，就像我利用氣壓的變

化來**處決**霍克那樣，一切任由天命去決定。如果天氣轉好，氣壓上升，水銀柱下降，霍克就不用死。同樣地，如果你們沒查出誰是兇手，我就可以**逍遙法外**。天命決定一切。」

「但把海默推下懸崖呢？難道也是**天命**的安排嗎？」李大猩怒喝。

「**海默？**」科爾一怔，然後大笑，「哈哈哈，原來你們仍未知道他是被誰殺死的嗎？」

「難道不是你？」福爾摩斯感到意外。

「當然不是。」科爾答得**斬釘截鐵**，「他

只是一個懦弱和有點貪心的傻瓜，在霍克的**唆使**下做了一件非常愚蠢的事，但**罪不至死**。」

「難道……」福爾摩斯臉上閃過一下恍悟，「難道殺死海默的是霍克？」

「沒錯，海默那傻瓜在我嚴詞質問下，把所有內情**和盤托出**，我雖然想把他痛毆一頓，但看到他那傻乎乎的樣子，實在無法出手。」科爾說，「沒想到，那傻瓜害怕起來，竟然跑去找霍克求助，說有人知悉了**延發暴風信息**的秘密。」

「於是，霍克就把他推下懸崖，**殺人滅口**？」福爾摩斯問。

「是。」科爾答道，「霍克先把他**灌醉**，然後再把他推下懸崖。我聽到他的死訊後，知道一定是霍克幹的，於是我下定

決心……」

「下定決心殺霍克吧？」福爾摩斯說，「請你繼續說。」

「我寫信假意向他勒索，要他準備1000鎊，並入住這間旅館等待指示，否則就公開他謀殺海默和延發暴風信號的事。看到他入住後，我以字條通知他深夜12點在旅館後門等候，然後趁機把他打暈，再把他扛到山岡的荒屋裏……」科爾把審問霍克的始末一一道出。

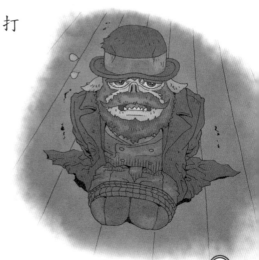

「原來又是為了賺錢而釀成大禍。」福爾摩斯聽完後，終於明白一切，「如果海默掛出暴風預警信號，漁民就會拒絕出海捕魚，霍克為免錯失船隊捕魚的機會，就賄賂海默延遲掛出暴風預警信號，最終釀成數百名漁民葬身大海的慘劇。」

「沒錯。」科爾領首說，「那老頭兒知道這個季節會有魚群經過，如果錯失了這個機會，就會有很大損失。此外，跟很多人一樣，他不相信觀測氣壓的變化可以預報天氣，於是鑄成大錯。」

「對了。」福爾摩斯忽然想起甚麼似的問道，「你把霍克鎖在腳鐐上，又把他的小腿和大腿捆在一起，是強迫他跪下，要他向死去的漁民懺悔吧？」

暴風殺人

「對。」科爾答道，「他下跪的方向有一扇窗，可以看到**大海**……我要他在死前，一直面向大海跪在地上，向幾百個亡魂懺悔。因為，我覺得只有這樣，才能**超度那些枉死的亡靈！**」

「你為甚麼不報警？法律可以制裁他呀。」華生問。

「我出身於這條漁村，死去的漁民之中有我的**養父、兄弟**和**朋友**。你們不會明白一下子死去這麼多親友的痛苦！」科爾說着說着，憤怒的眼睛已眶滿淚水，「我必須親自為他們**報仇**，況且，聽過海默自白的只有我，根本不能成為指控霍克的證據。所以，就

算我報警，那老頭也一定能逃遙法外……」

對殺人犯一向疾惡如仇的李大猩和狐格森，聽到科爾這麼說也不禁黯然。他們拍拍科爾的肩膀，示意他站起來，並為他銬上了手銬，默默地帶着他離開了咖啡室。

案件已破，福爾摩斯和華生兩人帶着沉重的心情登上了回倫敦的火車。他們都明白，科爾自稱替天行道並不對，但相對於死於暴風雨的數百名漁民來說，霍克確實死不足惜。

　　「沒想到竟然可用**氣壓**的變化來殺人，科爾也實在太聰明了。」華生慨歎，「可惜的是，他把這種聰明用在錯誤的地方。」

　　「是啊。」福爾摩斯**閉目養神**，「不過，現在想起來，這個**氣壓殺人法**與我幾天前的**古井救人法**很相似呢。」

　　「是嗎？」華生想了片刻，終於恍然大悟，「我明白了。科爾利用氣壓下降來令置於水銀

頂端的硫酸流出壺嘴，而你則利用注水來令水位升高，把小孩推出井口，確實有 **異曲同工** 之妙——」

華生說到這裏，忽然止住了。他知道，兩者之間有着根本性的分別——因為**福爾摩斯是用科學知識來救人，與之相反，科爾卻是用科學知識來殺人。**

　　各位讀者，這個故事證明了，科學知識雖然可以造福人群，也可以用來殺人。如果掌握科學知識的人心術不正，還會為人類帶來災難呢。所以，我們要好好利用科學知識，不要把它用在壞的地方上啊！

科學小知識 ①

水銀氣壓計的原理

　　水銀氣壓計是一種利用水銀來顯示大氣壓力（氣壓）的儀器。簡單說來，就是在一枝玻璃管內盛滿水銀，然後把它倒轉插入充滿水銀的容器中。這時，玻璃管內的水銀會下降，並在管內的上方形成真空。我們只須測量管內水銀的高度，就能知道氣壓的高低了。但進行精密的觀測時，還要考慮溫度對水銀和玻璃管的影響（熱脹冷縮），和氣壓計置於甚麼緯度和高度等等因素。

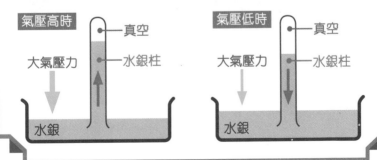

氣壓高時 — 真空 — 水銀柱 — 大氣壓力 — 水銀

氣壓低時 — 真空 — 水銀柱 — 大氣壓力 — 水銀

科學小知識 ②

風的形成

由於風是肉眼看不到的，為了便於說明，我們暫且借用本集中出現過的兩口古井來解釋風的形成吧。

在古井A中注入水後，由於水量增加了，古井A的水壓上升，它的水就會流往古井B。於是，古井B的水位就會上升了。就是說，當兩個井的底部相通時，水壓高那邊的水會形成一股水流，流向水壓低的那邊。

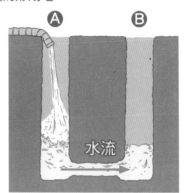

那麼，這個例子與風有甚麼關係呢？只要我們把「水」寫成「氣」就行了。當一個地域的氣壓高，就會形成一股氣流，流向氣壓低的地域，而這股氣流就是風了。所以，一個地域的氣壓越低，流入的氣流也越猛，最終更可能形成暴風。基於這個原理，我們可以通過觀測氣壓的變化，來預測暴風雨呢。

後記

　　寫完與天象有關的《太陽的證詞》（第37集）後，就想該寫一個關於氣象的故事。搜尋資料時，在專門預報英國天氣的網站「Met Office」內，看到了一段與天氣預報有關的悲慘歷史，一個故事迅即在腦袋中萌芽，最後變成了大家手上的《暴風謀殺案》。

　　那段天氣預報的歷史，其實也是英國氣象學學家羅伯特·菲茨羅伊（Robert FitzRoy）的個人史。他本來是海軍中將，曾助提出「進化論」學說的達爾文遠航考察，兩人雖然最終意見不合，但菲茨羅伊對達爾文的幫助不容抹殺。後來，他被選任為新成立的氣象局局長（隸屬於商務部），負責收集天氣情報，並每天在《泰晤士報》刊登天氣預報。這種由政府機關定期公佈天氣預報的做法，可說是歷史上的創舉。

　　可是，菲茨羅伊的這個做法也得罪了很多捕魚船的船

主，因為強風預報意味着不能出海捕魚，這會令船主蒙受極大經濟損失。更不幸的是，由於預報常有失誤，菲茨羅伊不斷受到批評和攻擊，令他在精神上承受沉重壓力。最後，於1865年4月30日，他以割喉自殺的方式了斷自己的生命。

　　一年後，商務部在壓力下取消了天氣預報。但在公眾要求下，於1867年恢復了暴風警報（Storm Warnings）。不過，菲茨羅伊開創的天氣預報，則要到1879年4月才能重新開始。

　　建基於科學觀測上的天氣預報，現在看來似乎是理所當然，但在百多年前，竟然要承受如此巨大的壓力和迫害。由此可見，科學知識的確立絕非一帆風順，那是前人流血流汗才能建立起來的，我們必須珍惜啊。

　　創作這個故事時，除了參考了上述的歷史外，以水銀氣壓計來引發火災的橋段，則來自日本推理小說家甲賀三郎（1893-1945）的短篇《琥珀煙斗》，但故事是完全不同的。

颱風①

遛狗嗎？

是呀，牠每天都要在這燈柱下撒尿。

第二天

為何把小狗綁在燈柱上？

快要十號風球呀。

怕小狗被吹走嗎？

不，是怕燈柱被吹走。

以防小狗找不到地方撒尿嘛。

颱風②

穿成這樣幹甚麼？

去游泳呀。

不知道快要打風嗎？

知道呀。

知道了還要去游泳嗎？

就是打風才要游泳呀。

水淹大街，不用去海灘嘛！

福爾摩斯科學小實驗
自製氣壓計

本集的破案關鍵是測量氣壓的方法呢。

對，不如我們來製作一個氣壓計，試試測量氣壓吧！

① 有蓋膠樽

膠紙

熱熔膠槍

銼刀

食用色素或墨水

可折曲的汽水吸管

注意：用銼刀及熱熔膠槍時，必須由大人陪同進行。

 請準備左方物品。

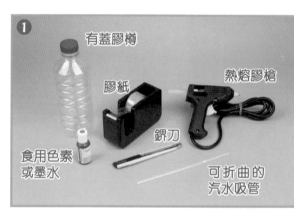

 用銼刀在膠樽下方刺出一個比汽水吸管直徑略大的圓孔。

 把汽水吸管短的那一端插進膠樽的圓孔。

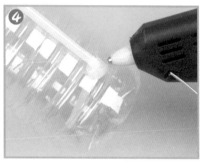

 用熱熔膠槍把圓孔與吸管黏合，以防空氣及水漏出。

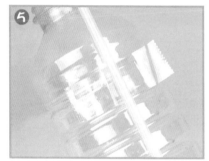

 用膠紙把吸管垂直固定在膠樽上。

 把水倒進膠樽內，水位必須高於圓孔位置，再倒進食用色素或墨水，以便觀測。

 如吸管上的水位與膠樽內的水位高度相約，就把膠樽的蓋子蓋上並慢慢地擰緊。（注意：擰得太快，吸管內的水會噴出。）

 把膠樽放在窗邊或戶外，觀測吸管內的水位變化。
（注意：避免膠樽給陽光曬着和置於有冷氣的室內，否則膠樽和水皆會受熱脹冷縮的影響，令水位的上升和下降變得不準確。）

科學解謎
　　為甚麼吸管內的水會升高和下降呢？這是由於空氣和其他物質一樣，是有重量的，所以就會有壓力，而這種壓力被稱之為大氣壓力（簡稱氣壓）。在上述的實驗中，由於膠樽內的空氣被蓋子密封了，無法受到氣壓變化的影響。不過，貼在膠樽上的吸管是開口的，會受到氣壓的影響。所以，當晴天氣壓升高時，外面的氣壓比樽內的氣壓大，大氣壓力就會把吸管內的水壓下去，令它的水位下降。

　　反之，當陰天氣壓下降時，吸管內的水所受的壓力減少，其水位就會升高了。

大偵探福爾摩斯
暴風謀殺案 ㊵

原著人物／柯南・道爾
（除主角人物相同外，本書故事全屬原創，並非改編自柯南・道爾的原著。）

小說&監製／厲河　　繪畫（線稿）／鄭江輝　　繪畫（造景）／李少棠

着色／陳沃龍、麥國龍　　　科學插圖／麥國龍　　造景協力／周嘉詠

封面設計／陳沃龍　內文設計／麥國龍　編輯／盧冠麟、郭天寶

出版
匯識教育有限公司
香港柴灣祥利街9號祥利工業大廈2樓A室

承印
天虹印刷有限公司
香港九龍新蒲崗大有街26-28號3-4樓

發行
同德書報有限公司
九龍官塘大業街34號楊耀松（第五）工業大廈地下
電話：(852)3551 3388　　傳真：(852)3551 3300

第一次印刷發行　　　　　　　　　　　　　　　2018年1月
第五次印刷發行　　　　　　　　　　　　　　　2022年7月
Text：©Lui Hok Cheung
©2018 Rightman Publishing Ltd. All rights reserved.　　翻印必究

想看《大偵探福爾摩斯》的
最新消息或發表你的意見，
請登入以下facebook專頁網址。
www.facebook.com/great.holmes

ISBN:978-988-78101-4-8
港幣定價 HK$60
台幣定價 NT$300

發現本書缺頁或破損，
請致電25158787與本社聯絡。

網上選購方便快捷　　購滿$100郵費全免
詳情請登網址 www.rightman.net